Analyse de l'œuvre

Par Florence Casteels

La Datcha

Agnès Martin-Lugand

lePetitLittéraire.fr

Analyse de l'œuvre

Par Florence Casteels

La Datcha

Agnès Martin-Lugand

Rendez-vous sur lepetitlitteraire.fr et découvrez :

Plus de 1200 analyses
Claires et synthétiques
Téléchargeables en 30 secondes
À imprimer chez soi

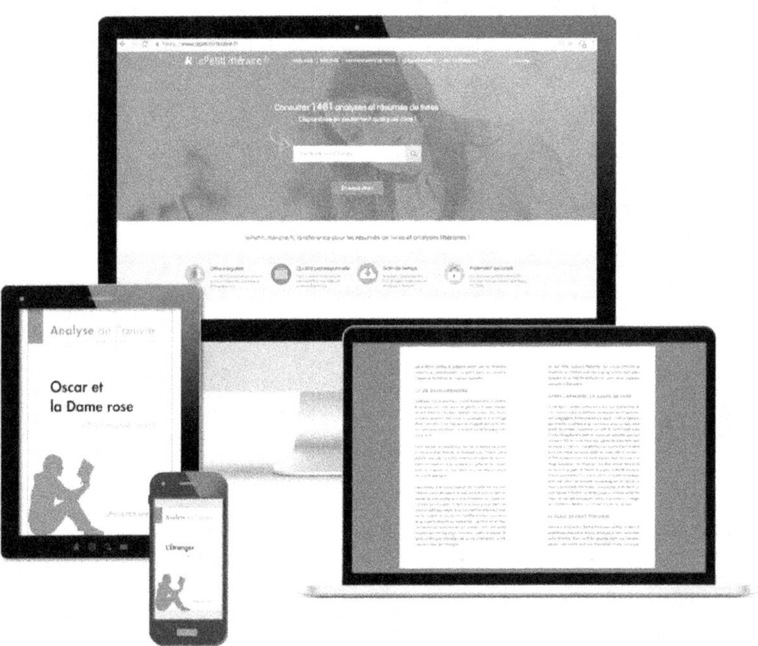

LA DATCHA — 5

Un roman hanté par le passé — 5

AGNÈS MARTIN-LUGAND — 7

Écrivaine française à succès — 7

RÉSUMÉ — 9

De la méfiance à la confiance — 9

Quand le deuil s'invite — 10

Le retour du fils prodigue — 12

Les secrets de famille déterrés — 13

Pardonner et lâcher prise, enfin — 15

ÉTUDE DES PERSONNAGES — 16

Hermine — 16

Jo et Macha — 17

Vassily — 19

Samuel — 20

CLÉS DE LECTURE — 22

La Datcha, plus qu'un lieu, un personnage principal — 22

L'écriture de la hantise — 25

La peur d'aimer et d'être aimée — 27

PISTES DE RÉFLEXION — 31

Quelques questions pour approfondir sa réflexion... — 31

POUR ALLER PLUS LOIN — 33

Édition de référence — 33

Études de référence — 33

LA DATCHA

UN ROMAN HANTÉ PAR LE PASSÉ

- **Genre :** roman
- **Édition de référence :** *La Datcha*, Neuilly-sur-Seine, Michel Lafon, 2021.
- **1re édition :** mars 2021
- **Thématiques :** peur de l'abandon, secrets de famille, hôtellerie, amour, souvenirs, nostalgie, Provence, reconstruction après un deuil

Agnès Martin-Lugand a une fois de plus enchanté son public avec son nouveau roman, *La Datcha*, dès sa sortie. Après avoir écrit sur des lieux et des situations bien différents, l'auteure plante son récit dans un hôtel en pleine Provence et interroge la capacité des personnages à se relever après des évènements traumatisants.

Hermine, 21 ans, est une jeune femme méfiante en quête de stabilité. Abandonnée par sa mère à l'âge de huit ans, elle est désormais sans-abri et marche seule sur les routes de France. Un jour, elle rencontre Jo qui lui propose de travailler pour son hôtel, La Datcha, situé entre le Luberon et le Ventoux. Refoulant son habituel instinct de fuite, elle accepte de le suivre. Là, elle trouve non seulement un travail et un lieu où loger, mais aussi une famille qui l'accueille et qui l'aime.

Reconstruite et désormais maman célibataire de deux enfants qu'elle chérit plus que tout, elle pense avoir réussi sa vie. Vingt ans après son arrivée à La Datcha, pourtant, le rêve s'essouffle lorsque Jo décède, suivi de sa femme, Macha. Considérés comme ses parents adoptifs, Hermine souffre de leur absence, mais doit en plus se préoccuper de ce que lui réserve l'avenir, à elle et à La Datcha. Le retour de leur fils, Vassily, parti depuis 20 ans à l'autre bout du monde, lui apportera-t-il les réponses qu'elle attend ? Qu'adviendra-t-il de l'hôtel et de ses employés ? Hermine replonge dans son passé et dans celui de La Datcha tout en s'interrogeant sur leur avenir commun.

AGNÈS MARTIN-LUGAND

ÉCRIVAINE FRANÇAISE À SUCCÈS

- **Née en 1979 à Saint-Malo (Ille-et-Vilaine)**
- **Quelques-unes de ses œuvres :**
  - *Les gens heureux lisent et boivent du café* (autoédition 2012, Michel Lafon 2013), roman
  - *Entre mes mains le bonheur se faufile* (2014), roman
  - *À la lumière du petit matin* (2018), roman

Après des études de psychologie à l'Université Paris XIII, Agnès Martin-Lugand exerce en tant que psychologue clinicienne dans la protection de l'enfance pendant six ans. Mariée et mère de deux enfants, elle se consacre dès 2010 à l'écriture. Avec *Les gens heureux lisent et boivent du café*, autoédité en 2012, elle est repérée par les éditeurs et publiée chez Michel Lafon en 2013. Depuis, chaque année, l'auteure présente un nouveau roman qui conquiert le public. En 2020, elle se retrouve pour la troisième fois dans le top dix des bestsellers de L'Express. Agnès Martin-Lugand participe notamment depuis 2017 au projet *Treize à table*, recueils collectifs au profit des Restos du cœur édité chez Pocket.

Son œuvre s'articule autour de sujets de société variés qui touchent à chaque fois les lecteurs. Chaque récit présente un univers particulier (l'art, l'architecture, la couture, etc.) et bien souvent un espace géographique nouveau (la Bretagne, la capitale parisienne, l'Irlande, etc.). Les personnages, toujours en quête d'évolution, constituent la force des récits d'Agnès Martin-Lugand principalement grâce à la finesse avec laquelle elle analyse leur psychologie.

RÉSUMÉ

DE LA MÉFIANCE À LA CONFIANCE

Depuis trois ans, Hermine est sans-abri et traverse la France seule à la recherche de sa mère et d'un foyer où enfin se poser. Abandonnée par sa mère à l'âge de huit ans, à près de 21 ans, Hermine ne peut compter que sur elle-même et sur son instinct de survie. Arrivée dans un café à Cavaillon, la jeune fille rencontre un homme d'une carrure impressionnante, Jo, qui lui propose un boulot de femme de chambre. Hermine, méfiante au début, se laisse convaincre quand il lui affirme qu'elle sera nourrie, logée et blanchie si elle travaille pour lui dans son hôtel.

Située en pleine Provence, au milieu des champs de lavande, d'oliviers et de vignes, La Datcha est un établissement de luxe majestueux, voire féérique. Hermine ne s'y sent pas à sa place, pourtant, cet endroit l'attire plus que tout. Jo et sa femme Macha l'y accueillent les bras ouverts et la prennent sous leur aile. Pour la première fois de sa vie, Hermine connait l'amour et l'affection dans cette famille d'origine russe, au point de se sentir enfin chez elle. Elle rencontre le fils de Jo et Macha, Vassily, pour lequel nait un léger béguin qui n'aboutira pas, mais qu'elle n'oubliera jamais vraiment. Trois mois après son arrivée, Vassily part pour l'autre bout du monde afin de lancer sa carrière dans l'hôtellerie. Il ne reviendra pas une seule fois avant d'y être contraint, 20 ans plus tard.

Au lieu de rester travailler à La Datcha six mois comme prévu initialement, Hermine trouve sa vocation dans l'hôtel et y reste pendant des dizaines d'années. Durant ce temps-là, elle tombe amoureuse du paysagiste, Samuel, avec lequel elle a deux enfants formidables : Alexandre et Romy. Samuel l'a guérie de ses blessures d'enfance et lui a offert le plus beau des cadeaux en lui faisant des enfants. Malgré tout, leurs ambitions différentes les ont éloignés et ils se sont séparés. Alex et Romy vivent alors une semaine sur deux à La Datcha où ils ont grandi et apprennent le russe avec Macha et Jo comme s'ils étaient leurs grands-parents.

QUAND LE DEUIL S'INVITE

Après 20 ans de travail et de joie à La Datcha, tout l'hôtel, ses employés et ses clients sont attristés. Jo s'est éteint et a droit à un enterrement en grande pompe auprès de tous ceux qu'il aimait. Dès lors, tout change à La Datcha, bien que les réservations et le travail ne désemplissent pas. L'établissement doit en effet sa renommée en grande partie au couple mythique qui l'a fondé. Sans Jo, un cycle se finit et Macha vit désormais l'épreuve de trop à surmonter. Des années auparavant, peu avant l'arrivée d'Hermine, Jo et Macha avaient déjà perdu leur fille Emma des conséquences de sa malformation cardiaque. Le choc fut terrible pour la famille et Hermine, à peine arrivée, n'avait jamais osé aborder le sujet de sa mort.

Rapidement après le décès de Jo, Macha n'est plus que l'ombre d'elle-même, absente, le regard dans le vide la plupart du temps. Petit à petit, elle prépare son grand départ à elle aussi, sans le dire vraiment. Elle félicite Hermine pour la femme qu'elle est devenue et elle lui confie La Datcha. Macha peut partir en paix et décide de rejoindre Vassily à Singapour pour quelque temps. Tout le monde pressent qu'elle ne reviendra pas et fait ses adieux définitifs à l'hôtel. Quelques jours plus tard, Vassily les appelle pour leur annoncer la mort de Macha.

Pour Hermine, Jo et Macha ont été les parents qu'elle n'avait jamais eus. Les voir s'en aller définitivement lui rappelle ainsi la douleur de l'abandon par sa mère. Triste et déçue, Hermine se rapproche de plus en plus de son ex-compagnon. Samuel se préoccupe en effet beaucoup de l'état d'esprit d'Hermine durant cette période difficile. Loin de s'être séparés dans la colère, ils sont toujours restés en bons termes et continuent de se montrer des signes d'affection.

À la mort de Macha, Hermine et Samuel se rapprochent fortement et finissent par passer la nuit ensemble. Le charme se rompt toutefois lorsque Samuel pose la question qu'il ne faut pas : que devient La Datcha maintenant que ses propriétaires sont décédés ? Pour lui, Jo et Macha ont toujours exploité Hermine dans leur hôtel sans qu'elle ne leur demande rien en retour. C'est une des raisons pour lesquelles ils ont rompu : Hermine se donne à 100 pour cent pour La Datcha parce qu'elle adore son métier, tandis que Samuel aurait aimé avoir plus de temps en famille en dehors de cet endroit. Cette fois, leur relation est définitivement terminée.

Cette question hante pourtant Hermine pendant longtemps. Elle ne peut pas croire que ceux qu'elle aimait tant ont pu l'oublier elle et La Datcha. Vassily revient alors pour la première fois en France depuis 20 ans pour rapatrier le cercueil de sa mère. En mourant loin de chez elle, Macha a forcé Vassily à retourner sur ses terres pour l'enterrer près de Jo et Emma.

LE RETOUR DU FILS PRODIGUE

Pour Hermine comme pour les employés, le retour du fils prodigue est craint. Que va-t-il penser de l'hôtel et de sa gestion ? Que va-t-il leur révéler pour la suite de leurs emplois à La Datcha ? Entre Vassily et Hermine, le malaise s'installe et les discussions tournent vite court. Hermine se rend compte qu'elle se montre froide et distante avec Vassily depuis le début parce qu'elle lui en veut de ne pas être revenu plus tôt et d'avoir manqué l'enterrement de son père. Mais Vassily s'implique de plus en plus dans le travail à La Datcha et propose des solutions pour certains problèmes étant donné qu'il connait l'hôtel mieux que personne. Si Hermine est émue de le voir travailler ici, Vassily est aussi heureux de savoir qu'elle perpétue les traditions de ses parents dans l'établissement et qu'elle gère tout parfaitement.

Malgré leur relation qui s'améliore, Hermine ne peut s'empêcher de craindre les décisions que devra prendre Vassily pour l'avenir de ce lieu. Peut-elle lui faire confiance alors qu'il a été absent si longtemps ? Hermine aimerait lui poser plein de questions, mais il refuse tous ses pourquoi. Il lui révèle seulement qu'il a fait une brève et discrète apparition la veille de l'enterrement de Jo pour lui dire au revoir. Savoir cela apaise Hermine qui, dès lors, laisse son cœur s'ouvrir davantage.

À la fête de l'été préparée à La Datcha, Hermine et Vassily dansent ensemble comme ils l'avaient fait 20 ans auparavant. L'un comme l'autre, ils rêvent d'une vie où il ne serait pas parti et où ils auraient pu être ensemble. Vassily lui avoue qu'il ne l'a jamais oubliée. Son retour à ses origines le replonge dans ses souvenirs et ses sentiments, malheureusement, il ne peut rester en France. Malgré leur amour, ils ne s'autorisent pas à s'embrasser ni à s'aimer pleinement. Le lendemain, Vassily lui annonce l'avenir de La Datcha : il souhaite qu'Hermine devienne la seule propriétaire du lieu pour une bouchée de pain. Selon lui, l'hôtel lui revient de droit parce qu'elle fait partie de la famille autant, voire plus, que lui.

LES SECRETS DE FAMILLE DÉTERRÉS

L'enthousiasme de connaitre enfin l'avenir prospère réservé à La Datcha se mêle pourtant à la tristesse de voir Vassily bientôt repartir. Lorsqu'Hermine aura signé l'accord de propriété, Vassily n'aura plus aucun lien avec cet endroit et risque de ne plus jamais revenir. Bien que cette décision coïncide avec l'aboutissement de toute sa vie, Hermine ne pense qu'à lui et lui en veut de s'en aller. Alors, Vassily lui raconte tout : les secrets, les mensonges et les raisons qui le poussent à partir sans cesse.

Vingt ans plus tôt, Vassily a assisté à la mort de sa sœur lors d'une promenade escarpée seuls dans un village d'à côté. Il n'a pas su la sauver alors qu'elle lâchait son dernier souffle et s'en est voulu de n'avoir pas emporté avec eux la trousse de secours. Bien qu'il ait tenté tous les gestes de sauvetage qu'il connaissait, le cœur d'Emma a lâché et, par culpabilité, Vassily a quitté la France. À l'époque, Emma était fiancée à Samuel qui, lui, a toujours été le meilleur ami de Vassily depuis le collège. Pourtant, suite au drame, Samuel n'a jamais pardonné à Vassily, qu'il tient toujours pour responsable de la mort de l'amour de sa vie. Depuis lors, les deux hommes ne se sont jamais revus.

Vassily parti, Hermine s'est habituée à La Datcha et a réussi à panser les plaies de Samuel. Vassily, qui avait promis à sa sœur d'aider Samuel à être heureux, n'a pu se résoudre à revenir à La Datcha alors qu'il mourait d'envie de revoir Hermine. Toute sa vie depuis le drame, Vassily s'est sacrifié : aujourd'hui encore, il ne s'autorise pas à rester en France ni à aimer Hermine parce qu'il souhaite préserver Samuel de toute souffrance.

Avec ces révélations, Hermine se sent trahie par tous ceux en qui elle avait le plus confiance. Vassily lui donne une lettre de Macha qu'elle a écrite pour quand Hermine apprendrait toute la vérité. Dans cette lettre, Macha demande pardon et explique les raisons qui les ont poussés à agir ainsi. Sans ces secrets, Hermine se serait enfuie bien avant par peur de prendre la place d'une morte. Pourtant, pour Macha, Hermine n'a jamais remplacé Emma, mais est venue s'ajouter à leur famille. Ces mots aident Hermine à ne pas trop leur en vouloir, car elle sait que Macha dit vrai.

PARDONNER ET LÂCHER PRISE, ENFIN

Même si Hermine pourrait regretter le départ de Vassily 20 ans auparavant, elle reconnait que Samuel a été l'homme parfait pour lui apprendre à se construire. Sans lui, elle n'aurait pas non plus ses enfants qui sont pour elle sa plus belle réussite. Elle se rend chez Samuel et, calmement, ils s'expliquent et se pardonnent. Samuel n'est toutefois pas prêt à pardonner à Vassily, il lui faut encore du temps maintenant qu'il l'a revu pour la première fois depuis l'enterrement d'Emma.

La veille du départ de Vassily, Hermine craque et le supplie de rester. Elle ne sait pas si elle supporterait encore d'être abandonnée. Vassily ne s'en sent toutefois pas capable. S'il reste, ses démons et sa culpabilité vont les détruire tous les deux. Il souhaite rompre tout lien avec La Datcha afin de pouvoir y revenir de son plein gré quand il se sentira prêt. Cette fois, contrairement à il y a 20 ans, Vassily lui dit qu'il l'aime et lui demande de l'attendre. Il reviendra un jour, pour elle, de sa propre volonté. Hermine devient propriétaire de l'hôtel et accepte de le laisser partir pour mieux le laisser revenir.

ÉTUDE DES PERSONNAGES

HERMINE

Jeune femme de 41 ans, blonde aux yeux bleus, Hermine n'a pas eu une enfance facile. Sa mère était alcoolique et la battait pour qu'elle reste silencieuse quand elle ramenait des hommes chez elle. Elle l'oubliait souvent à l'école et la laissait seule dans une pièce dans le noir à la maison. À huit ans, Hermine est abandonnée par sa mère dans un foyer. À peine la majorité atteinte, Hermine quitte les services sociaux et part sur les routes de France, seule, sans-abri et sans argent.

À 21 ans, après trois ans de galère dans les rues, pour manger, pour dormir, pour survivre, Hermine rencontre Jo et rentre à La Datcha où tout va changer pour elle. Alors qu'elle était extrêmement méfiante, bagarreuse, crasseuse et froide, elle apprend à faire confiance aux gens, à aimer et à être aimée. Attirée par La Datcha dès le premier regard, elle s'attache pour la première fois à un lieu et à des personnes et ne les quittera plus.

À l'hôtel, Hermine rencontre Samuel qui l'aide à connaitre l'affection et la tendresse. Il devient son compagnon pendant plusieurs années et lui donne deux merveilleux enfants. Au début du roman, ils sont toutefois séparés depuis deux ans. Pour Hermine, sa plus grande réussite reste d'avoir eu des enfants à qui offrir une maison et une famille stable. Elle reconnait chaque jour la chance que lui ont offerte Jo et Macha en l'accueillant chez eux. Ils sont les parents qu'elle n'a jamais eus.

D'abord femme de chambre, Hermine apprend rapidement l'hôtellerie et devient officieusement la gérante principale de l'établissement. Bien que Jo et Macha soient toujours les propriétaires, c'est Hermine qui gère tout toute seule avec brio. Elle est extrêmement travailleuse et ne compte jamais ses heures, car elle aime absolument tout de son métier. Vivant à une centaine de mètres de l'hôtel, elle a posé ses valises dans le moulin où a vécu Vassily 20 ans auparavant. Elle y reçoit ses enfants une semaine sur deux.

Si Hermine est désormais une femme confiante, aimante et ayant l'instinct maternel, elle cache encore une grande peur de l'abandon. Reconnaissante pour tout l'amour qu'on lui a offert, elle garde à l'esprit que tout peut s'arrêter du jour au lendemain. Avec la mort de Jo puis de Macha, elle est confrontée plus que jamais à ces angoisses et à son passé qui ressurgit. Le retour de Vassily la chamboule aussi énormément et elle découvre qu'elle avait enfoui tout l'amour qu'elle avait eu pour lui avant son départ, mais qu'elle n'a jamais pu réellement l'oublier pendant 20 ans.

JO ET MACHA

Macha est une femme élégante et d'une beauté froide exceptionnelle. Sa peau très pâle contraste avec ses cheveux noirs et ses yeux vert doré dégagent une mélancolie douce. D'origine biélorusse, ses parents ont trouvé refuge dans le sud de la France durant la guerre. Macha a grandi dans les traditions russes et n'a appris le français qu'à l'âge de dix ans. Elle gardera toute sa vie son accent dont elle est très fière.

Un peu rebelle dans sa jeunesse, elle a rencontré Jo près de Marseille. Gamin bagarreur et sans-abri, c'était une tête brulée à l'époque. Sa carrure de boxeur et son regard dur intimident facilement au premier abord, mais Jo est en réalité doux derrière cette carapace. Il a toujours eu de l'ambition et souhaitait devenir quelqu'un pour prouver au père de Macha qu'il en valait la peine.

Ils se sont mariés et ont retapé une vieille ferme en un superbe hôtel dans une région alors peu fréquentée par les touristes. Leur pari a fonctionné et ils se sont fait un nom dans le milieu. Désormais, La Datcha est connue de tous, riches et moins riches, et fait le bonheur de toute la petite famille. Jo et Macha ont perdu leur fille Emma à cause de sa malformation cardiaque et puis leur fils, Vassily, parti vivre à l'étranger. Pourtant, ils n'ont jamais cessé d'être joyeux et généreux. Ils accueillent ainsi ouvertement Hermine et s'occupent autant de leurs employés que de leur hôtel. Quoique leur mort survienne assez tôt dans le récit, leur présence continue de marquer les lieux et les esprits de ses occupants tout au long du livre, assez pour en faire de véritables personnages principaux de l'histoire.

VASSILY

Fils de Jo et Macha, Vassily a quitté la France depuis 20 ans lorsque son père meurt. La culpabilité de n'avoir pas réussi à sauver sa sœur lorsque son cœur a lâché l'a rongé et forcé à partir loin de tout ce qui lui rappellerait sa mort. Lui qui avait tant d'ambitions pour La Datcha, qui a étudié dans la meilleure école hôtelière à Lausanne, il est parti à l'autre bout du monde pour avoir de l'expérience et oser revenir quand il se sentirait fier de lui.

Fils prodigue pour ses parents, il ne les voit que deux mois par an lorsqu'ils viennent lui rendre visite dans le pays où il vit – il déménage tous les cinq ans. Désormais homme d'affaires très pris par son travail à Singapour, Vassily a 45 ans lorsqu'il revient à La Datcha pour enterrer sa mère. Il ressemble énormément à son père et possède le même sens du travail bien fait. À son arrivée, il se montre froid et distant, presque ombrageux, mais s'ouvre petit à petit grâce à Hermine qu'il aime depuis 20 ans sans jamais l'avoir oubliée.

C'est lui qui tient l'avenir de La Datcha et de ses employés entre ses mains à la mort de ses parents. Seul héritier de l'établissement, pourtant celui qui en a été le plus éloigné pendant le plus de temps, il se montre fiable et reconnaissant envers Hermine et les autres travailleurs de l'hôtel. Revenir dans ce lieu chargé de souvenirs lui fait beaucoup de mal, mais en même temps lui rappelle de nombreux moments joyeux. Il a besoin de couper tout lien avec cet endroit afin de pouvoir y revenir sans culpabilité ni sentiment d'être forcé.

Amoureux d'Hermine depuis toujours, il se sacrifie pourtant encore une fois 20 ans après l'accident d'Emma parce qu'il refuse de faire souffrir Samuel, son ancien meilleur ami. Il sait écouter ses émotions et ses ressentis, assez pour savoir que ce n'est pas encore le moment pour lui de rester à La Datcha. Il n'est revenu que parce que sa mère, en mourant à Singapour, l'a forcé à faire le voyage jusque-là pour ramener son cercueil. Il souhaite revenir quand il se sentira prêt, ne sera plus dévoré par ses démons intérieurs et quand Samuel lui aura pardonné. Alors, il pourra s'accorder l'autorisation d'aimer pleinement Hermine.

SAMUEL

Meilleur et seul ami de Vassily depuis le collège, il a toujours eu une passion pour le jardinage. Il devait se marier avec Emma, la sœur de Vassily, avant qu'elle ne décède. Elle reste toutefois le grand amour de sa vie. Samuel s'est éloigné de La Datcha et de ses habitants, mais a fini par y retourner. Rancunier, il n'oublie jamais les trahisons qu'on lui a faites et il reste en colère contre Vassily encore 20 ans après.

Bel homme aux yeux noirs, il est devenu paysagiste et patron de sa propre entreprise. Il possède le gout pour la terre et rêve de cultiver sa propre oliveraie dans sa petite maison de Roussillon, qu'il avait acheté auparavant avec Emma. Au début du roman, il est déjà séparé d'Hermine depuis deux ans, mais il reste profondément attaché à elle. Grâce à elle, il a pu se relever après la mort de son premier amour et avoir deux beaux enfants qu'il chérit.

Bien qu'il soit un merveilleux père et qu'il se montre attentionné envers Hermine, ce sont ses ambitions personnelles qui le poussent à agir. Il met de côté les rêves d'Hermine qui désire rester à La Datcha et tente à tout prix de la faire changer d'avis. Samuel souhaite en effet retaper la maison de Roussillon, y élever ses enfants comme une vraie petite famille et devenir oléiculteur avec Hermine. Il fait ainsi souvent des reproches à Hermine qui ne se laisse pas dicter sa conduite. Après une tentative de rabibochage entre les anciens conjoints, la flamme est définitivement éteinte lorsqu'ils se rendent compte de leurs envies respectives incompatibles. La colère et le ressentiment dominent le comportement de Samuel qui, des décennies plus tard, ne peut toujours pas pardonner à Vassily, quoiqu'il envisage la possibilité de le faire prochainement.

CLÉS DE LECTURE

LA DATCHA, PLUS QU'UN LIEU, UN PERSONNAGE PRINCIPAL

Le décor du roman d'Agnès Martin-Lugand joue un grand rôle dans le récit. Non seulement il constitue le lieu essentiel de toutes les actions narratives, mais il est également au centre de l'intrigue et participe aussi pleinement à l'histoire comme un véritable personnage.

Les descriptions du paysage de la Provence, de ses champs de lavandes, d'oliviers et de vignes, du soleil du matin qui baigne le paysage de lumière, du ciel bleu sur le Luberon et le Ventoux, reviennent fréquemment tout au long du récit. Pourtant, ce sont les bâtiments et jardins de La Datcha à eux seuls qui constituent un véritable personnage de l'histoire. Le roman se déroule en effet presque uniquement au sein de l'hôtel et de ses différentes parties : la réception, le jardin, le restaurant et sa terrasse, le moulin où vit Hermine, la bibliothèque et l'aile de Jo et Macha, etc. Hermine ne quitte qu'à de très rares occasions ces terres et, en tant que protagoniste principale suivie par le lecteur, ne permet donc pas de voir beaucoup d'autres espaces.

La Datcha constitue ainsi un personnage à part entière. Son nom renvoie en russe à la maison de campagne dans laquelle on passe ses vacances en été. Dès les premiers instants, l'hôtel impose sa puissance et sa présence à Hermine. À son arrivée, elle est en effet impressionnée par ses pierres, ses immenses fenêtres, ses jardins, son grand portail, etc., et est immédiatement attirée par l'endroit. Très vite, La Datcha devient le premier et unique lieu où elle a envie de rester et d'ancrer ses racines.

Pour Hermine, autant Jo et Macha l'ont accueillie chez eux, autant La Datcha l'a acceptée et enveloppée dans son antre. Depuis, Hermine n'a jamais plus décroché de cet endroit et de son boulot. Elle y passe tout son temps, même pendant ses jours de congé, où elle ne peut s'empêcher de venir jeter un œil. Son ex-compagnon, Samuel, lui reprochait cette obsession qui prenait le dessus sur leur vie de famille. Mais leurs enfants ne se sont jamais plaints et aiment particulièrement l'hôtel aussi parce qu'ils y ont grandi.

La Datcha semble en outre avoir sauvé nombre de ses employés. En devenant la propriété de Jo et Macha, elle a permis au couple de souder leur union aux yeux des parents stricts de Macha qui dévalorisaient Jo. Pour Hermine, évidemment, elle a constitué le lieu de sa reconstruction après des années de souffrance et d'errance. En cuisine, Charles, sous-chef qui a pris la relève du vieux chef Gaby, y a trouvé refuge après avoir abandonné les ambitions de sa famille et déserté l'armée pour vivre de sa passion, la restauration.

Lieu de grandes joies, La Datcha a aussi connu des drames, dont plusieurs décès qui hantent désormais ses murs. Pour certains personnages, comme pour Vassily et Samuel, ces évènements traumatiques les poussent à s'éloigner de l'hôtel. Pourtant, par une force invisible, cet endroit continue de les attirer et de les ramener en son sein. Après la mort d'Emma, Samuel ne souhaitait aucunement remettre les pieds ici, mais il travaille pour une entreprise paysagiste qui va l'amener à accepter du boulot à La Datcha. Vassily, quant à lui, n'est revenu sur place que pour ses obligations, mais n'a jamais cessé de penser à l'hôtel pour lequel il avait tant de projets.

La Datcha semble avoir une âme et parait vivante parfois à travers des actions qu'elle fait activement. Durant les fêtes de l'été, ses murs vibrent d'excitation et de joie. Plus qu'un simple décor froid et muet, l'hôtel se nourrit des visiteurs et ressent l'ambiance et les évènements. Au fur et à mesure des allées et venues, le lieu se charge des présences des visiteurs et contient les souvenirs qui se déroulent devant ses yeux. Comme à une vieille amie, les gens qui la quittent lui disent au revoir en observant sa façade de longues minutes et en essayant de garder dans la mémoire toutes ses lignes et tous ses détails. À la fin du roman, l'hôtel devient littéralement un personnage quand Vassily affirme qu'Hermine est autant La Datcha qu'inversement. Elles ne font plus qu'un et la signature d'Hermine pour devenir propriétaire de l'établissement n'est que la concrétisation de ce que tout le monde avait déjà ressenti à son arrivée. Finalement, désormais seule et unique gérante de La Datcha, Hermine sait que, comme un parent aimant, l'hôtel veille sur elle et sa famille.

L'ÉCRITURE DE LA HANTISE

En ouvrant le récit par un prologue qui installe le contexte dans lequel Hermine est entrée à La Datcha, Agnès Martin-Lugand pose d'emblée l'intérêt porté au passé. Après cette analepse – ou flashback – s'ensuit une ellipse de 20 ans qui débute alors réellement l'histoire. Ainsi, dès les premières pages, l'attention du lecteur est portée sur la temporalité et sur le passé. La nostalgie plane tout au long de l'histoire et les flashbacks sont très fréquents. Non seulement les temps du récit sont au passé (imparfait et passé simple), mais en plus les souvenirs sont un sujet central de *La Datcha*.

La narration en focalisation interne à la première personne sur Hermine permet de suivre les pensées de la jeune femme et ainsi toutes les réminiscences qui lui viennent fréquemment à l'esprit. Elle se souvient ainsi souvent de son arrivée à La Datcha, de ses premières rencontres avec Jo, Macha, Gaby, Charles ou Vassily, de sa vie de couple avec Samuel, de son enfance douloureuse, etc.

Outre le passé d'Hermine, il arrive que celui d'autres personnages soit révélé parce qu'ils en parlent à Hermine directement ou parce qu'elle en a appris plus par elle-même. Le récit de la vie de Jo et Macha se présente ainsi comme une analepse qui s'étire sur un chapitre entier (le chapitre trois) comme une pause dans le récit. Au contraire, au chapitre 16, la jeunesse de Vassily est racontée par lui-même en discours direct à Hermine et constitue donc une avancée dans l'intrigue narrative d'autant plus que ses souvenirs font ressurgir de nombreux évènements cachés à Hermine jusqu'alors.

Le passé possède une dimension si importante dans le récit qu'il s'ancre également par une vraie écriture de la hantise. Les personnages décédés ou simplement partis de La Datcha continuent ainsi de se faire sentir au sein de l'hôtel. Ce phénomène est d'autant plus vrai à la mort de Jo. Au chapitre premier, alors qu'ils s'apprêtent à l'enterrer, Jo semble toujours présent et actif comme s'il était vivant. Il parle à Hermine – du moins, elle se l'imagine –, il est à côté de Macha pour leur dernier tête-à-tête, il traverse une dernière fois La Datcha, etc. Jo est encore mentionné au présent et, pour Hermine comme pour Macha, il ne peut se conjuguer autrement.

La même chose survient à la mort de Macha. Décédée près de Vassily à Singapour, l'évènement parait abstrait pour Hermine qui parvient difficilement à y croire. Lorsque Macha est finalement enterrée auprès de son défunt mari, Hermine continue de l'imaginer sur sa balançoire ou dans sa bibliothèque comme avant. Les repas en famille ou avec les collègues de l'hôtel sont des moments privilégiés pour raconter des souvenirs du couple fondateur de La Datcha. Dans ces scènes-là, Jo et Macha sont quasiment présents avec eux. Tout au long du roman, leur présence ne cesse de se faire sentir, bien qu'impalpable, tout comme leur fille Emma continue de hanter l'hôtel et ses habitants.

Si les morts paraissent vivre encore dans l'hôtel, les vivants aussi parfois semblent absents, quoique physiquement présents. Après le décès de son mari, Macha n'est plus qu'une ombre : elle parle seule, la tête toujours dans les nuages et le regard au loin. Les employés comprennent qu'elle est partie en même temps que Jo, même si elle vit encore à ce moment-là. Quand Vassily débarque à La Datcha, comme sa mère, il se fait discret et reste distant. Il est là sans être là et ne prend pas réellement part à la vie à l'hôtel au début. Vassily, comme un fantôme revenu après 20 ans, peine à trouver ses marques dans ce monde qui l'a bercé, mais où toute sa famille est désormais absente.

Les personnages toujours vivants, mais qui ont compté pour La Datcha et qui en sont partis continuent aussi de hanter les lieux et les personnes. Hermine pense ainsi souvent à Vassily depuis son départ et affirme que, pendant 20 ans, elle attendait impatiemment d'entendre sa voix au téléphone tout en la craignant. Vassily non plus ne l'a jamais oubliée durant toutes ces années à être si loin d'elle. L'amour, comme la mort, hante les individus et leur vie dans le roman. Alors que Vassily s'en va à nouveau à la fin du récit, Hermine sait qu'il part tout en restant un peu avec elle et La Datcha. De la même manière, Vassily quitte la France tout en emportant un peu de Hermine avec lui.

LA PEUR D'AIMER ET D'ÊTRE AIMÉE

Lié à cette thématique des souvenirs et du passé, le roman s'articule autour de la peur de l'abandon ancrée en Hermine. À la suite de son enfance difficile, Hermine a perdu toute confiance en autrui. Avant son arrivée à

La Datcha, cela se manifestait grandement par une méfiance accrue envers quiconque osait l'approcher et en un besoin permanent de fuir et de ne jamais s'attacher à rien ni personne. À son entrée dans la famille de Jo et Macha, cette attitude s'est effacée et Hermine s'est ouverte davantage aux autres jusqu'à ne plus vouloir quitter cet endroit.

Bien que son comportement ait changé radicalement, ses plaies ne sont pas complètement refermées. La mort de Jo puis celle de Macha fait ainsi ressurgir les blessures de la petite fille abandonnée par sa mère qu'elle était à huit ans. Ces décès, et surtout le départ de Macha pour Singapour, sont vécus comme un abandon pour Hermine. Seule La Datcha permet de l'apaiser, car elle s'y sent chez elle, stable et aimée.

La dispute avec Samuel à propos de l'avenir de l'hôtel marque encore une séparation forte dans la vie d'Hermine. S'ils s'entendaient bien jusqu'à présent malgré leur rupture, le fait que Samuel l'infantilise et la culpabilise de ne pas avoir assuré ses arrières à La Datcha est insupportable pour Hermine. Même si elle continue de le voir pour le bien des enfants, elle le considère définitivement comme sorti de sa vie. Les blessures ravivées par les décès de ses parents adoptifs semblent la ramener à ses comportements d'avant : elle rejette ceux qui l'aiment et qui s'inquiètent pour elle et se renferme sur elle-même.

Avec toutes ces personnes qui s'attachent à elle pour ensuite la quitter, Hermine se sent mal aimée et perd confiance en elle et en autrui. Elle se demande comment on pourrait l'aimer sans condition si même sa mère n'a pas voulu d'elle. Ses mots envers elle-même sont durs et dévalorisants. Ainsi, quand Vassily réapparait dans sa vie, Hermine se montre froide et distante. Selon elle, ce n'est pas cet homme qu'elle n'a connu que pendant trois mois, disparu pendant 20 ans, qui va assurer son futur. Elle se méfie donc des décisions qu'il devra prendre à propos de La Datcha. Son comportement montre combien elle préfère porter une carapace pour éviter de souffrir plutôt que d'écouter ses sentiments.

Il lui faudra du temps avant de comprendre qu'elle était en réalité amoureuse de Vassily depuis 20 ans et qu'elle ressentait de la colère contre lui depuis qu'il était parti. Voir son implication à La Datcha et apprendre qu'il était venu en cachette la veille de l'enterrement de son père apaise toutefois Hermine. Petit à petit, elle lui ouvre son cœur et laisse les sentiments remonter. Leur complicité grandit et, doucement, ils commencent à s'aimer sans se l'autoriser toutefois, car Vassily est rongé par la culpabi-lité vis-à-vis de Samuel et Hermine craint de trop souffrir quand il s'en ira à nouveau.

Quand Hermine découvre les secrets de famille à propos des circonstances de la mort d'Emma, la trahison est im-mense. À nouveau, les personnes en qui elle avait le plus confiance l'ont trompée : Samuel lui a caché sa relation avec Emma, Jo et Macha ont omis tous ces évènements et Vassily fait passer sa culpabilité avant leur relation. Les mensonges par omission de Jo et Macha, de Vassily et de Samuel sont difficiles à encaisser, pourtant elle ne peut pas tant leur en vouloir. Elle comprend les raisons qui les ont poussés à cacher la vérité et sait que, si elle avait su à l'époque, trop fragile et trop méfiante, elle aurait fui. Cette maturité d'esprit indique combien Hermine a grandi depuis le retour de Vassily.

Sa peur de l'abandon persiste toutefois jusqu'à la toute fin du roman. La veille du départ de Vassily, elle le supplie de rester près d'elle. Elle n'en peut plus des séparations et des ruptures de force. Cette fois, le processus de guérison est enclenché : Hermine ne laisse pas partir la personne qu'elle aime sans rien dire et les mots d'amour qu'ils n'ont jamais pu se dire sont prononcés. Lors de l'épilogue, Hermine accepte qu'il s'éloigne et comprend enfin qu'aimer consiste aussi à laisser l'autre partir pour mieux revenir. Pour la première fois, elle voit quelqu'un partir de sa vie sans pour autant se sentir abandonnée. Elle sait qu'il reviendra et que, en attendant, elle n'est pas seule : elle possède une maison, La Datcha, et une famille avec ses enfants pour la protéger.

PISTES DE RÉFLEXION

QUELQUES QUESTIONS
POUR APPROFONDIR SA RÉFLEXION...

- Certains éléments du récit (objets, véhicules, pièces de La Datcha, etc.) font particulièrement vivre Jo et Macha bien qu'ils soient décédés. Quels sont-ils, en quoi sont-ils reliés aux défunts et qui les utilise désormais ?

- Au chapitre sept, observez comment Hermine raconte son enfance avec sa mère avant d'être abandonnée. Quels changements au niveau de la narration et du vocabulaire remarquez-vous ? Interprétez ce que ces changements servent à marquer.

- Le chapitre trois présente le récit de la vie de Jo et Macha à travers un narrateur différent du reste du roman. Expliquez en quoi il se distingue et pour quelles raisons la voix narrative se doit d'être différente pour raconter ces souvenirs.

- Observez au premier chapitre comment les choix d'écriture et de narration laissent planer le suspense sur l'identité de la personne décédée – sans même affirmer explicitement qu'il s'agit bien d'un enterrement. À quoi avez-vous compris qu'il s'agissait de la mort de Jo ? Pourquoi un tel suspense et de telles omissions, d'après vous ?

- Quel parallèle pouvez-vous faire entre le couple de Hermine et Vassily et celui de Samuel et Emma ?

Quelles sont les similitudes et les différences dans leurs comportements et leurs habitudes de vie ?

- Comment la hantise de l'ancien être aimé (Vassily pour Hermine, Emma pour Samuel) s'est-elle marquée au sein de la relation d'Hermine avec Samuel ?

- Le récit, à travers de nombreux flashbacks et quelques ellipses, brouille quelque peu la chronologie des évènements. Tentez de retracer la ligne du temps du récit d'une façon chronologique.

- Que pensez-vous du comportement d'Hermine qui utilise toujours son passé pour justifier ses actions du présent ? Argumentez.

POUR ALLER PLUS LOIN

ÉDITION DE RÉFÉRENCE

- MARTIN-LUGAND A., *La Datcha*, Neuilly-sur-Seine, Michel Lafon, 2021.

ÉTUDES DE RÉFÉRENCE

- GENETTE G., *Figures III*, Paris, Le Seuil, 1972.

Votre avis nous intéresse !
Laissez un commentaire sur le site de votre librairie en ligne
et partagez vos coups de cœur sur les réseaux sociaux !

lePetitLittéraire.fr

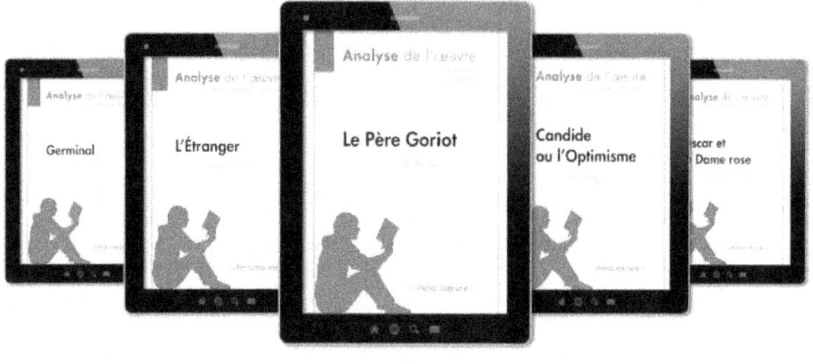

- un résumé complet de l'intrigue ;
- une étude des personnages principaux ;
- une analyse des thématiques principales ;
- une dizaine de pistes de réflexion.

**Retrouvez
notre offre complète sur**
lePetitLittéraire.fr

www.lepetitlitteraire.fr

ISBN version numérique : 9782808024617
ISBN version papier : 9782808024624
Dépôt légal : D/2021/12603/71

Conception numérique : Primento,
le partenaire numérique des éditeurs.